'দিয়ে যেতে চাই' -

একটি স্বরচিত কবিতা সংকলন

মণিমালা গাঙ্গুলী

Ukiyoto Publishing

All global publishing rights are held by

Ukiyoto Publishing

Published in 2024

Content Copyright © মণিমালা গাঙ্গুলী

ISBN 9789362690814

All rights reserved.
No part of this publication may be reproduced, transmitted, or stored in a retrieval system, in any form by any means, electronic, mechanical, photocopying, recording or otherwise, without the prior permission of the publisher.

The moral rights of the author have been asserted.

This book is sold subject to the condition that it shall not by way of trade or otherwise, be lent, resold, hired out or otherwise circulated, without the publisher's prior consent, in any form of binding or cover other than that in which it is published.

www.ukiyoto.com

উৎসর্গ

আদরের তুতুন, মণি ও আমার সব বন্ধুদের জন্য - যারা আমায় কবিতা লিখতে ও বই প্রকাশে উৎসাহ দিয়েছে।

মুখবন্ধ

কবে থেকে কবিতা লিখছি সঠিক মনে নেই ,তবে আমার ছোট বেলা থেকে বাংলা সাহিত্যের প্রতি অনুরাগ জন্মায় আমার দিদি বীথি গাঙ্গুলী র থেকে। প্রথমে বাংলা গদ্যের রতি অনুরাগ তারপর ক্রমে ক্রমে কবিতার প্রতি ভালবাসা জন্মায়। আমার কৈশোর কেটেছে বিখ্যাত কবি শ্রী সুনীল গঙ্গোপাধ্যায় , কবি শ্রী শক্তি হাট্টোপাধ্যায় ,শ্রী পূর্ণেন্দু পত্রী, শ্রী সুভাষ মুখোপাধ্যায়,শ্রী মতি কবিতা সিংহ র মত কবিদের কবিতা পড়ার মধ্য দিয়ে... পরে আরো নানা গুণীজনের সাহিত্য আমার দিগন্ত ব্যাপ্ত করেছে। সকলের নাম উল্লেখ করার পরিসর নেই।

কবি সুনীল গঙ্গোপাধ্যায় , কবি শক্তি চট্টোপাধ্যায়ের কবিতা আমার কৈশোর যৌবন জুড়ে। তাঁদের কবিতায় শব্দচয়ন আমাকে বিস্মিত কর|

বিষয়বস্তু

বর্ণালী	1
ক্যানভাস	3
মা	4
বৈশাখী বিকেলে ঈশ্বরের বিচার	5
বালিকাবেলা	7
চালচিত্রে মাধবীলতা	8
অসময়-২০২০	9
মন কথা বলে	10
গন্তব্য	11
ইদানীং - এই সব	12
নিয়ম	13
কেন লিখি, লিখি কেন বলো?	14
তারার বৃষ্টি	15
দশমীতে এসো	16
অসময়	17
টুকরো কবিতা ১	18
টুকরো কবিতা -২	19
টুকরো কবিতা -৩	20
টুকরো কবিতা - ৪	21
চালচিত্রে মাধবীলতা	22
অভিযোগ	23
ইচ্ছে	24
শ্রী হীন এক কবিতা	25
কৃপাবৃষ্টি	28
আমার গল্প	29

শূন্যতা ছুঁয়ে ছুঁয়ে যায়	30
কাছাকাছি বসন্ত	31
যমুনাবতীর প্রার্থনা	32
সাজ	34
ঢেউ পিছু হটে যায়	35
স্বীকারোক্তি	36
ফুল - চাষ	37
শ্রাবণ	38
গান স্যালুট	39
টুকরো কবিতা-৫	40
টুকরো কবিতা-৬	41
টুকরো কবিতা-৭	42
অবুঝ মন	43
লুব্ধক	44
স্বয়ংসম্পূর্না	45
আজ	46
এক ছাত্রী ও এক পাহাড়ের কথা	48
দ্বন্দ্ব	50
কি যেন..	52
দিয়ে যেতে চাই	53
কবি পরিচিতি	55

মণিমালা গাঙ্গুলী

বর্ণালী

সাদা হাঁস,সাদা শঙ্খ,সাদা শাঁখা,সাদা পাহাড়ের চূড়া --
সাদা ছিল মায়ের মাথার পাকাচুল,
সাদা রঙে লুকিয়ে থাকে জীবনের বর্ণালী।

বেগুনি সন্ধ্যায় গাঢ় নীল আকাশ
সামনে নীল জলের ছলাৎ ছলাৎ

ওপাশে সবুজ মাঠ, কিংবা দেবদারু গাছের
গাঢ় সবুজের ঔদ্ধত্য।

হলুদ বসন্ত,হলুদ বিকেল,কিংবা
হলুদ পাখী ,
সরস্বতী পূজোয় পড়া হলুদ শাড়ি,
কমলা স্কুলের পোশাক বা সূর্যোদয়ের মুহূর্ত
সূর্য ডোবার আগে কমলা নিটোল বল
আর বর্ণালীর শেষ রং লাল?
লাল সিঁদুরের টিপ,লজ্জার প্রথম ছোঁয়া
লক্ষ্মীর চেলি,কিংবা বিয়ের বেনারসী
প্রেমিকের হাতে লাল গোলাপ
সব ই টুকটুকে লাল
সবচেয়ে লাল হলো মনের গভীরে ক্ষরণ,

বর্ণালীর চাকতি ঘুরতে থাকে।
আমি সাগ্রহে তাকাই,সাদা রং দেখবো বলে...

নিউটন যেন মিটিমিটি হেসে বলেন --
"এ বর্ণালী একেবারে অন্যরকম।"

মণিমালা গাঙ্গুলী

ক্যানভাস

তিনি আমার অনেক কাছের,
তাও অনেক দূরের পথ,
আমায় নিতে আসবে নাকি
 তাঁর সোনার রথ ?

সকাল থেকে বছর গেলো ,প্রতীক্ষাতে থাকা
বড়ই কঠিন ,অবুঝ
এই মন কে ধরে রাখা।

জীবন খেলার জটিল হিসাব হয় যে এলোমেলো
ছোট্ট জীবন গড়িয়ে
 এবার সন্ধ্যে হয়ে এলো!
ছোট্ট সুখের পাপড়ি মেলা দেখতে বাসি ভালো,
একটা হলুদ ফুলে বসে একটা ভোমর কালো।

রঙে ভরা দুনিয়াটা
বিরাট জলছবি,
রঙ ভরেছেন যিনি ,
তিনিই আসল কবি।।

মা

মা--আমার গায়ে কি জ্বর?
তোমার ঠান্ডা হাতটা
আমার বন্ধ চোখের উপর রাখো।

দীর্ঘ দিনের ক্লান্তি জমা
তোমার হাত কি ঈষৎ কর্কশ?
তবু রাখো মা, রাখো একবার।

দেবদারু গাছের নীচে
ঈশানী হাওয়া ছুটে ছুটে খেলে;
নদীর বুক জুড়ে আগাছাও
তরতর করে সাগরের দিকে যায়।

মোহনায় নৌকা ভ্রমনে যাবো
একদিন জোছনা-মাখা রাতে
মা-মাগো.. শুধু তুমি আর আমি।।

মণিমালা গাঙ্গুলী

বৈশাখী বিকেলে ঈশ্বরের বিচার

একমুঠো কান্না গলার মাঝখানে
শ্বাস টিপে ধরে।
বিষন্ন বৈশাখী বিকেলে বিপন্নতা
অসহায় আমায় একলা পেয়ে
একলা ঘরে বন্দী করে রাখে।

ভিজে বাতাসের গন্ধেও
 বুকের শুষ্কতা গাছের পাতায় তোলে ঝড়,
কি জাদুতে সারা পৃথিবী আজ বোবা,
আমার মনখারাপ -
সব ট্রাফিক থেমে গেছে,
কাক ও চুপচাপ আজ -
কর্কশ চিৎকার নেই।

যন্ত্রণার চিতায় পুড়ি আমি,
সর্বগ্রাসী লেলিহান শিখার শেষে
পড়ে থাকা ছাই
উড়ে যায় শৈশবের খেলার মাঠে।

ঈশ্বর বিভূতি মাখো ওই ছাই দিয়ে।
আদালতের কাঠগড়ায় ঈশ্বর দাঁড়িয়ে আজ,
আমি বিচারক এই বৈশাখী বিকেলে,

'দিয়ে যেতে চাই' -

কান্না টা পাক খেয়ে ওঠে গলার ভিতরে,
অর্ডার .. অর্ডার...
আসামী দোষী কিন্তু সাক্ষীর অভাবে
তাঁকে বেকসুর খালাস করে দিই।।

মণিমালা গাঙ্গুলী

বালিকাবেলা

সুরকির কলে ওড়ে লাল ধুলো,
বালিকার দল লুকোচুরি খেলে।
চুরি করা আচারের স্বাদ , কিংবা পুতুলের বিয়ে -
গঙ্গার পাড়ে মাছ ধরার খেলা
শরতে প্রতিমার কাঠামোয় শৈশবের অসীম আনন্দ..
বিসর্জনে ঢাকার বিদায়ী আওয়াজ
হলুদ মায়ের মুখ ধীরে ধীরে
ডুবে যায় জলে।
অপাপবিদ্ধ মন - সাগ্রহে জীবনকে আবাহন।

বালিকার পায়ের ছন্দে পৃথিবীও নড়েচড়ে যায়,
প্রজাপতি মন - ভারহীন জীবন;
আলতো পায়ে পার প্রতিদিন -
পায়ে ফোটে না তীব্র আলপিন।
শরৎ এলে শৈশবের মাঠে
ফুল কুড়োয় বালিকার দল,
শিউলি ফুলের আঘ্রাণ
সৌরভ ছড়ায়,
প্রিয়জন ঘিরে রাখে আদরের চাদরে।
ভালোবাসা জীবন জড়ায়।
বালিকা আর খেলে না বাইরে গিয়ে..
থাকে রূপকথার শৈশবে।।

'দিয়ে যেতে চাই' -

চালচিত্রে মাধবীলতা

বিবর্ণ চালচিত্র - সব ছবি রঙহীন,মলিন লাগে -
পৃথিবীর এখন অসময় -
চারদিকে ঝাঁপ বন্ধ করা দোকান,
বন্ধের দিনের মতো গুমোট শূন্যতা,
বুকের ভিতর গুমগুম শব্দ,
ভয় ভয় স্রোত ঝিলিক মারে।
ফুলে ফলে ভরা হাসিখুশি পৃথিবীর
চেহারা কেমন বদলে গেছে।
চারদিকে মন্বন্তরের আভাস,
দুর্ভিক্ষের সময়,তপ্ত দুপুরে,
চিল গোল করে ওড়ে তেমন -

এই অসময়ে শীর্ণ মাধবীলতা
দোতলার বারান্দায় উঁকি মারে,
তার কচি পাতার সারল্য দেখে,
তাকে আর জানাই না,
ফুলের থোকা দেখা হবে না তার।

মাধবী কিন্তু ফুল ফোটানোর আশায়
রোজ মেলে চলেছে নতুন নতুন পাতা,
স্বপ্নপূরণ তত জরুরী নয়
যতটা জরুরী স্বপ্নের বীজ বপন করা।।

মণিমালা গাঙ্গুলী

অসময়-২০২০

সময় থমকে আছে ভিক্টোরিয়ার মাথায়,
বসন্তের শেষ ফুল ঝরার বেলা
এল এক অসময়।
লেকের স্থির জলে, ময়দানে ফাঁকা প্রান্তরে
ইডেনের নিঃসঙ্গ না-জ্বলা ফ্লাড লাইটে
শহরের নীল সাদা পরিধানে
আতঙ্ক মুখ মুছে নেয়।

অজানা অচেনা ভয় স্থির হয়ে বসে
রবীন্দ্রসেতুর নীচে জলে কাঁপা আলোর মায়ায়।
বন্ধ দোকান সারি, চৈত্রের গুমোট
দম বন্ধ লাগছে তোমার?
ইচ্ছে-ডানা মুছে দেয় তোমার রূপসী মুখের ঘাম,
তুমি বিশ্রাম নাও তিলোত্তমা!

আবার জাগাব তোমায়
জাগাব বই পাড়ার কোলাহলে,
না হয় বই মেলার সুবাসে;
জাগাব আশ্বিনে ঢাকের আওয়াজে।
কচিকাঁচা ছুটবে টিফিন-টাইমে
কাজের আনন্দে মাতবে সবাই।
কলকাতা.. ততদিন ভালো থেকো. ভালো রেখো।।

'দিয়ে যেতে চাই' -

মন কথা বলে

জলের আয়নায় নিজের ছবি দেখো না কখনো
জল বড়ো স্বচ্ছ,স্পষ্ট -

গভীর অরণ্যে সবুজের ঠাসাঠাসি
সেখানে খুঁজো না নিজেকে,
 সবুজ ঈর্ষার প্রতীক
সবুজ জড়িয়ে থাকে সাপ।

আকাশের নীলে হারিয়ে যাবার ভয়
সাগরের জলে তলিয়ে যাবার ভয়,
ফিরে এসো ভালোয় ভালোয়
অক্ষত তুমি,নির্ভয় তুমি
মিশে যাও ধর্মতলার ভিড়ে।

বুকের ভিতর জলপ্রপাত,
নিজের ছবি দেখো না এখন।
শুধু শোনো মন কথা বলে
মন শোনো, মন কথা বলে চলে।।

গন্তব্য

বাবুঘাটে দেখা সূর্যাস্তের নরম আলোর মত এখন জীবন।
পঞ্চপ্রদীপের তাপের মত শুদ্ধ এখন প্রতিটা দিন।
মন থেকে বিকিরিত সব বিস্ময় আর ঘৃণা
প্রাপ্তির নৌকোকে কবে ই ভাসিয়েছি জোয়ারের জলে।
মাঝি ,তুমি অন্য ঘাটে যাও।

এখন শুধু জলে জলরঙা ভেসে চলা,
দু হাতে ধরে না এমন সুখ
আঁজলা ভরে নিলাম।
আকাশ বড়ো নীল,সুন্দর,উদার
তার ও পরে আছে, নীহারিকা,ছায়াপথ -
আমার সবটুকু নিয়ে আমি মিশে যাবো
আলোময় ছায়াপথ আমার ই অপেক্ষায় আছে।।

ইদানীং - এই সব

হেমন্তের রাতে তারা বিছানো পথ
হাতছানি দেয়।
ঘুম ঘুম মনে সাড়া দিই।
অনন্ত ব্রহ্মাণ্ড নিস্তব্ধ শূন্যতা গ্রাস করে নেয়,
মাথাকাটা দেবদারু গাছ স্বপ্ন দেখে
আবার আকাশ ছোঁয়ার।
 ইদানীং - এই সব।
পৃথিবীর শিশুরা পায়না মায়ের অমৃতরস
ধর্ষিতা পৃথিবীর স্তন ই শূন্য আজ,
এর আগে এরকম উত্তাপ
পোড়ায় নি শহরের ক্লিষ্ট শরীর,
তাই তো বলছে সবাই।
কবেই ভেসে গেছে বকুলের বিস্তার,
শিউলি কুড়োয় না আর বালিকার দল।
 হ্যাঁ, ইদানীং - এই সব।
এখন কান্না ,কান্না নয় ,হাসি ও নাকি নয় হাসি;
এখন প্রেম, প্রেম নয় মিলনে মিশেছে ভেজাল -
এক বোতামে সবাই কাছে ,তবু আলোকবর্ষ ব্যবধান।
হ্যাঁ, ইদানীং - এই সব।।

নিয়ম

সবাই কম বেশি নিয়ম ভাঙে-
এমন কি প্রকৃতি ও,
এই বোধ তৃপ্ত করে আমায়,
শান্ত সরল কিশোরীর চোখেও
একদিন আগুন ঝরে,
চারা গাছও কোনদিন দাবানলের
মোকাবিলা করে,
করতে হয় , এমনটাই বলা ভালো।

নিয়ম কেন নিয়মের মত রুক্ষ?
আমার ইচ্ছে করে নিয়মের শুষ্কতাকে জল দান করি -
রুক্ষতা আঁচলে সযত্নে মুছে দিই।

কোমল পেলব হলে ই জানি
সে কেঁদে আকুল হয়ে বলবে
"এতদিন কোথায় ছিলে?"

কেন লিখি, লিখি কেন বলো?

ফাঁকা ঘরের আসবাবহীন ঘরে,
শীতের শুরুতে পাতা ঝরার দিনে,
কনকাঞ্জলি র শেষ প্রতিদানে
শূন্যতা কেন এমন করে আসে?
কেন আসে   আসে কেন বলো?
কেন ভাসে   ভাসে কেন বলো?
গোলাপি বুদবুদ সব অবেলায়
অচেনা উষ্ণতায়
কেন ওড়ে   ওড়ে কেন বলো?
কেন ঘোরে   ঘোরে কেন বলো?
শুকনো খড়কুটো
ছুটে আসে ঝোড়ো বাতাসে -
ঝড় আসে, আসে কেন বলো?
রাতে একাকী রাজপথে
সব সুখ মাথা খুঁড়ে মরে;
চোখের দুকূল ছেপে, মনের বাঁধন ভেঙে
জল আসে   আসে কেন বলো?

মণিমালা গাঙ্গুলী

তারার বৃষ্টি

বড় জেদি এই থেমে থাকা হাত--
ছুটে চলা ,উড়ে যাওয়া ভাবনার
পরোয়া করে না একদম।

হিমহিম,ঝিরঝিরে সাদা কুয়াশায়
তৃপ্তি আর সুখ ঝড় পড়ে।
তবু শব্দ আর সেজে ওঠে না আগের মতন,
তবু শব্দ সঙ্গমে লীন হয়ে পূর্ণ হয় না আর,
পূর্ণিমা আকাশে থালার মত গোল চাঁদ
শব্দ কে ডাকে কাছে, রিনরিনে সেই ডাক কাঁপে বুকের ভিতরে;
তবু সেতারের সাত টি তার
সাতটি তারার মত দূরে দূরে থাকে।
তবে কেমন করে আজ বাজবে নহবত?
কেমন করে ছুটবে দখিনা বাতাস?
কেমন করে সাজবে আমার শহর
লাল পলাশে আর কৃষ্ণচূড়ায়?

শব্দ সাজানোর খেলায় পরাজিত আমি,
অসহায় হয়ে বসে থাকি -
সব শব্দ ডুবে ডুবে যায়...
তারারা টুপটাপ ঝরে পড়ে শব্দের ভিতরে
দু চোখ ভরে তারার বৃষ্টি দেখি আমি।।

দশমীতে এসো

দশমীতে কাঠামোর শূন্যতা কে ছুঁয়ে
মনে মনে বলি -
এসো- আবার এসো কেমন?
কিন্তু সে আসা কি এরকম আসা হবে?
আবার কি সাগরে এমন ই ভাসা যাবে?
মনে মনে বলি -
এসো -আবার এসো ,কেমন?

না হলো জোছনার তাজে ভাসা,
না হলো মধুর মিলনে হাসা;
তবু এসো, এসো তুমি।

যেমন ফাগুন আসে উতলা বাতাসে ভেসে
যেমন আগুন আসে সর্বগ্রাসী ত্রাসে,
এসো তুমি -
এসো আবার,আবার এসো - কেমন?

মণিমালা গাঙ্গুলী

অসময়

বৃষ্টি পড়ে টুপ টুপিয়ে ,বৃষ্টি এলো অসময়ে
রঙ ধুয়ে যায়, রঙ ধুয়ে যায়
সাদা কালো য় মন বসে না
ফিনিক্স পাখির বাসা আমার মনে,
আহা দেখো পাখির চোখে গড়িয়ে পড়ে জল
রামধনুর সাত টি রঙের ছোঁয়া
লাগলো আমার ঠোঁটে
রঙ ছুঁয়ে যায়, রঙ ছুঁয়ে যায়
মনে আমার মনে।

আর বলো না যেন
ফাগুন গেল বৃথা,
পলাশ দিলো ছোঁয়া আমার গালে,
আজ খেলছি হোলি তোমার সাথে ফাগুন
আবীর ওড়া বাতাস বললো কানে কানে
জীবন তোমায় ভালবাসে।।

টুকরো কবিতা ১

নদীর সাথে মেঘের আড়ি,
দিন করেছে মুখটা ভারী,
আকাশ মায়ার আঁচলে
 মুখ লুকিয়ে রবো
শব্দরা সব খেলার মাঠে
ভেবে আকুল কবি।
সন্ধ্যে ঘনায় মাঠে ঘাটে
মনের দালানে
পোয়াতি চাঁদ জোছনা সাজায়
ফুলের বাগানে।
গহন গভীর রাত্রি নামে
এই পৃথিবীর বুকে
একটা দিন হারিয়ে গেলো
কালকে কাটুক সুখে।।

মণিমালা গাঙ্গুলী

টুকরো কবিতা -২

জীবন বুঝি বটের ধারা
বুক মুচড়ে নামে
একশো পাখির কলকাকলি
যখন বৃষ্টি নামে।
জীবন কি ভাই বাঁশিওয়ালার
সুর ঝরানো খুশি!
জীবন মানে কুটোকাটায়
বাসা ভরানো মৌটুসী।
ভোরের আলো মোমের মতন
হাঁটি হাঁটি চলা
মধ্য প্রহর আগুন আঁচে
দপ দপিয়ে বলা।
সন্ধ্যে নামে আঁধার ঘনায়
পিদিম জ্বালা ঘর
সেই যে তাকে হলো না বলা
"তুই তো নোস পর"।।

টুকরো কবিতা -৩

অতৃপ্তি কোটর থেকে বেরিয়ে আসে,
টুকটাক , ঠুকঠাক
পথ আছে তাকিয়ে
বাড়ি পড়ে থাকে,থাক।
এ পথ পথিকের অচেনা,
ঝোলা নামিয়েও ক্লান্ত কাঁধ
ঝুঁকে ঝুঁকে পড়ে।
ঘাম নামে গাল বেয়ে
বেলা বাড়ে, রোদ চড়ে।
গুপীর মত যেতে হবে বহু দূরে
অভিমান মাথা কুটে মরে
উল্টো গাধার পিঠে চড়ার
রাগ দুঃখ অপমান
কোথায় রাখে ওই পথিক ?
ঝোলাটা ও আর সাথে নেই।।

টুকরো কবিতা - ৪

যাবার তো জায়গা ছিল অনেক
গলানো লাভা যেখানে নীলে,জলে মেশে,
সবুজ মাঠে সাদা বকের অলস হাঁটা,
সাগর পারে সায়র পাখির ডানা
আরো আরো দেখার কথা আছে;
বাসনে র আওয়াজে বধির হয়েছে সে
এঁটো হাতে জল পড়ে পড়ে
শিকড়ে শিকড়ে জট পড়ে গেছে।

রক্তের প্রবাহ যেন শুদ্ধ হয়
কার্বন মাখা শরীরে এত রাগ জন্ম নেয়?
লাভা জমে জমে পরতে পরতে
শরীর ও প্রস্তরীভূত শিলা হয়-
নীল জলে যা গ'লে গ'লে পড়ে
তার নাম লাভা নয়,অভিমান নিশ্চয়।।

'দিয়ে যেতে চাই' -

চালচিত্রে মাধবীলতা

বিবর্ণ চালচিত্র - সব ছবি রঙহীন,মলিন লাগে -
পৃথিবীর এখন অসময় -
চারদিকে ঝাঁপ বন্ধ করা দোকান,
বন্ধের দিনের মতো গুমোট শূন্যতা,
বুকের ভিতর গুমগুম শব্দ,
ভয় ভয় স্রোত ঝিলিক মারে।
ফুলে ফলে ভরা হাসিখুশি পৃথিবীর
চেহারা কেমন বদলে গেছে।
চারদিকে মন্বন্তরের আভাস,
দুর্ভিক্ষের সময়,তপ্ত দুপুরে,
চিল গোল করে ওড়ে তেমন -

এই অসময়ে শীর্ণ মাধবীলতা
দোতলার বারান্দায় উঁকি মারে,
তার কচি পাতার সারল্য দেখে,
তাকে আর জানাই না,
ফুলের থোকা দেখা হবে না তার।

মাধবী কিন্তু ফুল ফোটানোর আশায়
রোজ মেলে চলেছে নতুন নতুন পাতা,
স্বপ্নপূরণ তত জরুরী নয়
যতটা জরুরী স্বপ্নের বীজ বপন করা।।

মণিমালা গাঙ্গুলী

অভিযোগ

আমার কবিতায় কোনো আনন্দ প্রকাশ নেই,
আমি জানি ,মেনে নিলাম
তোমাদের সব অভিযোগ।
বেদনায় ম্রিয়মাণ,ভিজে,স্যাঁতস্যাতে
সব শব্দের ফুলঝুরি
জ্বলি জ্বলি করেও
 জ্বলতে পারেনা যেন।

আমি জানি আমি মেনে নিলাম তোমাদের সব অভিযোগ।

মেনে নিলাম আজ ,কিন্তু কাল নাও মানতে পারি..
কালকে উঠবে গনগনে সূর্য,
সেঁকে নেবো অতীতের দিনগুলো,
সে আগুনে সেঁকে নেবো
ভিজে যাওয়া কবিতা র খাতা
কিংবা ভেজা চোখের পাতা;

আমার হাসির আলোয় জ্যোৎস্না ও ম্রিয়মাণ হবে।
হবে ,ঠিক জানি হবেই,
হতেই হবে একদিন;
কিন্তু আজ মেনে নিলাম
তোমাদের সব অভিযোগ।।

'দিয়ে যেতে চাই' -
ইচ্ছে

দেবার ছিল এক বাগান টিউলিপের রঙ,
এক সমুদ্রের নীল জল
তুলে দিতাম তোর হাতে...
দেবার ছিল অনেক কিছু
পারলাম কই?
ক্ষমা করে দিলে মুক্ত হই
না পারলে তাও সই।।

নিখুঁত, নির্ভাজ করা হলো না জীবন...
হলো না তালিকা তৈরির কাজ
গ্রহীতা পেলো না কত কিছু
পেলো শুধু দাত্রীর লাজ।।
তবু এ ব্রহ্মাণ্ড নাকি সব
অকৃত্রিম চাহিদায় সায় দেয়,
সেই বিশ্বাসে রঙ্গীন মোড়কে
তারা মুড়ে রাখি,
মুড়ে রাখি গোটা সপ্তর্ষি মন্ডল।
তুই যদি না ও নিতে চাস
রেখে যাবো তোর ই জন্য।।

মণিমালা গাঙ্গুলী

শ্রী হীন এক কবিতা

এক যে আছে দেশ - যেথায় থাকে লড়াই করা মানুষ,
সেথায় তারা নুন পান্তায় সুখী,
তবু সেথায় নোনা জলে মেশে তাদের নোনা চোখের জল।
তাদের দুখের নেই যে কোনো তল।
চাওয়া পাওয়ার হিসেব কি আর বুঝতে পারে?
আমরা শেখাই নি তাদের হিসেব নিকেশ।

ঝড় আসে , ঝড় যায়, আলপনা মুছে যায় -
প্রিয়জন চলে যায় সেবারের আয়লায়।
তবু বেঁচে থাকে, পিঠ পাতে, কষ্ট করে
চাওয়া পাওয়ার হিসেব কি আর বুঝতে পারে?
আমরা শেখাই নি তাদের হিসেব নিকেশ।

পাতে গরম বা জল ঢালা ভাত, ইতিউতি সবজি,
তবু তুলসী মঞ্চ সজীব তাদের ।
ঘরের মানুষ , মুরগী অন্য লোক জোর করে নিয়ে যায়,
প্রতিবাদ শুধু শব্দ হয়ে জলা জমিকে কাঁদায়..
ওরা চাইতেও জানে না, বোবা ক্ষোভ গুমরায়।
বান এলে ঘর , সাথে হাসিরাশি ভেসে যায়।
দিন যায় রাত আসে , আসে বাইকের সারি..
সুখ নেই , ভয়ে রাতের আঁধারে দেয় পাড়ি।
আমরা কিছুই শেখাই নি ওদের -

'দিয়ে যেতে চাই' -

হাতে দিই নি বই, খাতা,
দিই নি মানুষের যত অধিকার,
কলম হাতে এলে টুপটাপ তারা ফুটে ওঠে , বলিনি ওদের কানেকানে।
ওরা আর কতটুকু জানে?

আঁধারে ওদের জীবন , অনিচ্ছা মিলে মিশে যায়,
বাইকের সারি পিছু পিছু ধায়।
ঘরে ফিরে সন্তান কোলে তুলে শুচিস্নিগ্ধ হয়,
সিঁথিতে সিঁদুর দিতে একটু কি আনমনা ভয়?

লুট,লুট লুট!! চারপাশে বেলাগাম লুট!
বাইকের সারি আর পুলিশের বুট!
 ভয় , ত্রাস,সন্ত্রাস মাঠে আবিরের অত ওড়ে..
ঘর ভাঙ্গা শুকনো খড় বাতাসেতে গোল করে ঘোরে..
মাটির ইজারা নেয় দেশের সম্পদ।
মানুষ? নাকি ঘৃণ্য চতুষ্পদ?
প্রাণবায়ু মাথায় না,পেশীতে ফোঁস করে ওঠে..
ভাতের থালা দুপুরে কেঁপে গেলে খাবার ও না জোটে।
 শিশুর খেলা থামে, বল ভেবে পা রেখে..
অন্য শিশুরা নিষ্পাপ চোখে এই পাপ দেখে।
আপসোস!!আমরা কিছুই শেখাই নি ওদের।

মণিমালা গাঙ্গুলী

আমরা সবাই চুপ .. ঝামেলা
কার ভালো লাগে বলো?
তার থেকে নিজের টা গোছাই ,
চুপচাপ .. চলো!

হয়তো শেষ হতো এভাবেই..কিন্তু শেষেরও তো শেষ থাকে,
মাঝরাতে পিঠের খবরে আমাদের পিঠে সপাটে চাবুক মারে।
সে দাগ দেখো আছে আমাদের ও পিঠে ।
যে দেওয়ালে পিঠ ঠেকে গেছে,
সে দেওয়াল ভেঙে চুরমার হয়ে যাক,
চোখের জলের বদলে ঝরুক আগুন , অধিকার টুকু থাক।

আমরা কিছুই শেখাই নি ওদের
ওরা নিজে শিখে নিক..
ওরা ক্লান্ত .. দু দণ্ড জিরিয়ে নাও..
ওদের আঁজলা ভরে জল দাও
কোমরে আঁচল জড়াও..অধিকার বুঝে নাও
দ্বীপ থেকে দ্বীপান্তর.. খুঁজে নাও নিরন্তর
মুক্তির ঠিকানা।।

পুনশ্চ..
বড় নিশ্চিন্ত হওয়ার দিন সত্যিই এলো,
ওরা নিজে নিজেই সব শিখে নিলো।

'দিয়ে যেতে চাই' -

কৃপাবৃষ্টি

ইতি উতি পলাশ ফুটেছে শহরে
রঙ ক্যানভাসে তির্যক ছুঁয়ে উড়ে যায়,
প্রিয় সব মুখে হাসি নেই আজ
প্রার্থনায় মিশেছে ভেজাল!
সব ঈশ্বরের পদতলে নতজানু মাথা
গ্রীষ্ম দুপুরের দাবদাহে শরীর পোড়ে না আর;
শতাব্দী প্রাচীন মমির মত দেহ
শিহরন নেই, অসাড় ,অবশ..
দুচোখে বাষ্প তবু ক্লান্তি জমা করে।
শেষ বসন্ত বেলায় বাড়ানো তালুতে
কৃপা বৃষ্টি জমা করি আমি।।

মণিমালা গাঙ্গুলী

আমার গল্প

একটা লাল ফুলের গাছ কে বলে গেছি আমার গল্প;
তুমি তার কাছ থেকে শুনে নিও।

ব্রিজের উপর থেকে এক বসন্তে দেখলাম তাকে,
 চোখে চোখ রেখে, হাত নেড়ে ইশারা করে সে,
 বলে -" তোমার গল্প   বা গল্পের গল্প বলো"
আমি বলি -"সে অনেক কথা .. তুমি তোমার গল্প বলো"
সে বলে " এক একটা ফুলের এক এক টা গল্প
বসন্তে সব গল্প একসাথে ফুল হয়ে ফুটে ওঠে।
তবে.তোমার গল্প টা আমি জানি।"

পরের বসন্তে দেখি লাল ফুলে আমার গল্প টা
কবিতা করে লিখেছে সে।

'দিয়ে যেতে চাই' -

শূন্যতা ছুঁয়ে ছুঁয়ে যায়

স্বপ্নে দেখা মলিন ঘর
মনের ঘরে মেঘের প্রাসাদ,
একাকী মন ডুবে যেতে চায়
নীহারিকার ঘূর্ণিতে।।

একা লাগে, বড় একা লাগে - অসহায়
মহানগরীর ব্যস্ততা স্পর্শ করে না আর,
শুধু শূন্যতার অসীম হাহাকার --
উঁচু ফ্ল্যাটের পর্দা ওড়ানো বাতাস
ছুঁয়ে যায় সোফার নরম।
মৃত্যু যেন সাদা প্রজাপতি, একবার ছুঁয়ে উড়ে যায়;
যে যায় সে আর ফেরে না।
একদিন আমিও বিলীন হবো সেই ছায়াপথে
হয়তো উজ্জ্বল হবে সেদিনের এক তারা
নাকি নতুন তারার জন্ম হয়?
পৃথিবীর মানচিত্র এক ই থাকে,
শুধু শূন্যতার ব্ল্যাকহোলে
ঘুরপাক খায় প্রিয়জন।।

কাছাকাছি বসন্ত

বসন্তের বাতাসে কানাকানি শুরু হলো
কানে তুললো না চিকন পাতা,
বারান্দার রেলিঙে ভর দিয়ে
কালো কুচ্ছিত মেয়ে
আজও কি একলা বসন্তে দাঁড়িয়ে থাকে?/
দৈনন্দিন জীবনের খুঁটিনাটি কাজ সারা হলে/
এঁটো হাতে কৃষ্ণচূড়ার খোঁজ করে গৃহবধূ/
নাগরিক ঔদ্ধত্যে লাল লাজুক ফুল
মুখ লুকায় ইঁটের আকাশে।
তুমি ও কি রাখবে না চোখ সেই রক্তিম গভীরে?/
বলবে না কৃষ্ণচূড়া আছে
তোমার নিটোল সিঁদুর বৃন্তে?
অবশেষে ভোর রাতে কৃষ্ণচূড়া,পলাশ,মহুয়া
সব এক হয়ে ফুটে ওঠে
জ্যোৎস্নাময় গভীর গহনে।

বসন্ত আছে - বসন্ত থাকে কাছাকাছি।

'দিয়ে যেতে চাই' -

যমুনাবতীর প্রার্থনা

যমুনাবতী সরস্বতী কাল যমুনার বিয়ে,
যমুনাবতী ঘুরে দাঁড়ায় বুকে আগুন
নিয়ে!

শব্দগুলো তীক্ষ্ণ-ফলা,বুকটি ভেদ করে
প্রতিবাদের ভাষা এতো সাধু হতেও পারে?
গালে হাত ,ভাবতে বসে মেয়ে -
আকাশ বাতাস শব্দে যে যায় ছেয়ে।।

রণক্লান্ত যমুনাবতীর দু চোখ ভরা আগুন,
যদি ও সময়টা শেষ ফাগুন-
এখন আগুন বেলার শুরু--
সস্তা হলো জীবন- সময় ফুরুদুরু;

পিচ ঢালা ওই -কালো রাস্তার ডাক
অন্যায় ও তো একটুকু ন্যায় পাক,
রাস্তা জানে দেখবে না ওই একজোড়া সেই পা কে,
সময় কুটিল অবশ করেনি তাঁকে
দৃপ্ত,দৃঢ় সংযমী শব্দ দলে
প্রতিবাদের ডাকে।।

মণিমালা গাঙ্গুলী

উপস্থিতি ই ছিল সাক্ষাৎ প্রাণবায়ু
ছন্নছাড়া হাওয়ায় আজ অক্সিজেনের অভাব।
ঋজু চেতন ছিল যে তাঁর স্বভাব;

চললো মেয়ে রণে চললো...

যেন আগুন ঝরা চোখে না নামে দুই নদী
ডাক দিলে আর না বাজে শঙ্খ যদি -
শক্ত মুঠো শিথিল না যেন হয়
মনের কোণে যেন না জাগে সংশয়!!
মনে মনে বাজাও শঙ্খ ধ্বনি!!
কোনো কোনো শঙ্খ নিনাদ -জেনো
অন্যায়ের যম,জীবন্ত প্রতিবাদ।

যমুনাবতী দু হাত জুড়ে আকাশ পানে চায়,
শ্রদ্ধা যেন বৃষ্টি হয়ে ঝরে,তার আকুল প্রার্থনায়।

যমুনাবতী সরস্বতী গেছে কবির এ পথ দিয়ে
দিয়েছে পথ গিয়ে।।

'দিয়ে যেতে চাই' -

সাজ

আমি ভালোবাসাহীন হলে
তুমিও কি একটুও দোষী নও?

দুটো গ্রহ কাছাকাছি এসে
গালে গাল রাখে,
আলতো বাতাসে হাতটা তো মুছে দাও।।

মাথায় পরিয়ে দাও দ্বিতীয়ার চাঁদ,
প্রেমিক প্রকৃতি হলে আমি চুল খুলে রাখি।
ভিজে জ্যোৎস্না আজ
উঠোনে তে ধুলো মেখে আছে;
অচেনা পাখির ডাক
দূর থেকে?নাকি কাছে কোনো গাছে!

আমি ভালোবাসাহীন হলে
জোনাকির মিটিমিটি জ্বলা শেষ।
ভৈরবী বাজে না আর ভোরে-
গোধূলি কত কি না নিয়ে যায়!
থাকে শুধু রঙের আবেশ!!

মণিমালা গাঙ্গুলী

ঢেউ পিছু হটে যায়

গোলাপি হাসি উড়ছে আজ বসন্তের নীলে ,
একলা একটা গাছ কেন রিক্ত ডালে?
মাইদাসের সোনালী ছোঁয়ায়
সাদা নরম ফুল পড়ুক ঝরে
চন্দনের বনে উতল হাওয়ায় গন্ধ ছুটুক
বন পেরিয়ে রাইন নদীর ধারে।
একটা কিছু হবেই,একটা কিছু হবেই
বাতাস এসে বলল কানে কানে
কোকিল বলে সুরেলা এক গানে
একটা কিছু হবেই ,একটা কিছু হবেই
কি এক ভয়ে দরজায় আগল এঁটে মন ,
ভাবতে বসে একলা উদাস মন -
অভিমানী মেয়ে একলা একলা এক্কাদোক্কা খেলে;
দূরে সমুদ্রে ঢেউ এসে ভেজায় বালি
ভিজে যায় বালির উপর লেখা নাম,
ঢেউ একা একা পিছু হ'টে যায়।।

স্বীকারোক্তি

হর্নের শব্দ আর বিরক্ত করে না-
তবু কেন এমন গুমোট মনের
 দালানে?
পাখির কাকলি তে চোখ খুলি
চোখ বুজি খবর-শিরোনামে।
আর না,আর না .. প্রকৃতি!!
নামাও তোমার উদ্যত চাবুক
জানি জানি আমাদের অপরাধ;
দাবানলে জ্বলেছে তোমার হৃদয়
সেই আগুন এখন তোমার চোখে;
আমাজন অরন্যের আগুন
হয়ত তোমার বুকের ভিতরে।
সব দান উজাড় করেছি
অপমান করেছি প্রতিদিন।

লোভ ও লালসায় দগ্ধ হয়েছে
এত সমারোহ ,এত আয়োজন।
চন্দন সুগন্ধিতে শীতল ডাক পাঠাও-
রুদ্র-রোদের তান্ডবে অনুতাপে পুড়ি
বর্ষায় আবার ভিজিয়ে নেবো শরীর
প্রকৃতিই অবিনাশী,বাকি সবই অলীক।।

মণিমালা গাঙ্গুলী

ফুল - চাষ

আকাশ বলে কলম তোলো,
যেমন করে গাইছি আমি
তেমন করে গাও...
মনের ভিতর ক্ষতের দাগ-
 সূর্য ডোবার লালে -
মিলমিশিয়ে দাও।।

আলতো হাতে ফুঁ দিয়ে
ক্ষমা বাতাস ছড়িয়ে দেবো?
নাকি ঈশান কোণের মেঘের মতো
খোলা চুল এলিয়ে দেবো?

তাণ্ডব নাচ নাচবো আমি
বিভূতি টিপে সেজে উঠে?
মনের ভিতর পাখির যে বুক
মাঠ জোড়া ফুল আজও ফুটে ।

ভালোবাসার অনেকতো জোর
তার ই জল দিলাম ঢেলে
চোখের জলে মনের তেজে
পারিজাত তো ভালো ই ফোটে।।

'দিয়ে যেতে চাই' -

শ্রাবণ

এই শ্রাবণে জল থৈ থৈ মন -
সবুজ জলছবি ঘিরে রাখে নিবিড় দুহাতে;
জল বিহারে যাবো জ্যোৎস্না রাতে
যেখানে চন্দন বনের সুবাস উড়বে চুলে,
চোখে ডুববে সব নীলের গভীরতা,
বিশুদ্ধ প্রাণ বায়ু প্রবিষ্ট সব ধমনীতে।

কৈশোরের শ্রাবণে স্নান সেরে পূর্ন হই
শুচিস্নাতা দুই বাহু দিগন্ত ছুঁতে চায়,
 নতজানু হয়ে প্রকৃতি প্রণাম-
আশীর্বাদী শ্রাবণ থাকে গহন গভীরে।।

মণিমালা গাঙ্গুলী

গান স্যালুট

আবার ফিরছে আওয়াজ!
সবুজ ! তুমি কবে ফিরবে?
চারদিক জমাট নৈঃশব্দ্যে স্থির,
পাঁচের মধ্যে একলা থাকা আঙুল
ঠোঁটে তুলে নাও।
চুপ করো,একদম চুপ!
সবুজ লাশ পড়ে আছে রাস্তায়
বোবা ডালের তর্জনী আমাদের দিকে।
তুমি ,আমি ও তারা....
এ সবার পাপ!!
সেই পাপে আজ বই ভাসে জলে।
কাগজ-নৌকো ভাসানী সুখ নেই ; টুপটাপ ঝরে পড়ে কান্না-রঙা লাল।
আমার গান-স্যালুট,একুশ তোপধ্বনি ওই মৃত সবুজের উদ্দেশ্যে।।

টুকরো কবিতা-৫

স্বপ্নে ফুটেছে টিউলিপ
দিগন্ত জোড়া প্রান্তর জুড়ে
গোলাপী, নীল, কমলা, হলুদ।
শস্যভরা কচি সবুজ মখমল,
আকাশরঙা নীল সাগরের বিস্তার!
সূর্যাস্তের রঙ ছড়ায় বাতাসে।
মুঠো ভরে নিই আজ গোধূলিতে।।

টুকরো কবিতা-৬

রূপসী বটে!!!
আজ সকালে ঘুম থেকে উঠে
প্রথম চোখে পড়লে তুমি;
দুধে-আলতা রঙ,
তোমার নিষ্পাপ , নির্বাক উপস্থিতি,
মনের কালিমা টুকু তুমি চেয়ে নিলে,
তবু তুমি নীলকন্ঠী হলে না তো!!!
তোমার তাকিয়ে থাকা,
নীল আকাশ, প্রথম রোদ মাখা ভোর,
মৃত্যুভয় ও তুচ্ছ মনে হলো

তুমি, বন্ধু বিকাশের বাগানে বিকশিত
গাঢ় গোলাপী ,এক থোকা ফুল।।

টুকরো কবিতা-৭

হাজার হাজার মুখের ভিড়ে
মানুষের মুখ খুঁজি;
কেউ হায়না, কেউ হরিণ,
কেউ বা বাঘের মুখোশে তাকায়,
কেউ গান গাওয়া পাখী,
কেউ ফুরফুরে প্রজাপতি।
কেউ বা ভীরু খরগোশ!
কেউ তীব্র পিন ফুটিয়ে
আনন্দ হিল্লোলে বাঁচে
কেউ শুধু মানুষ কে ব্যথা দিয়ে
পেখম ফুলিয়ে নাচে।।

অবুঝ মন

সেদিন সন্ধ্যায় কাঁচ গুঁড়োর মত ঝুরঝুর করে পড়ছিল নরম আলো
মন খারাপে বোবা মন নদীর পাড়ে চুপ
একটাও শব্দ না করে
ক্লান্ত পাখীরা ঘরে ফেরে
ফেরে না অবুঝ একটা মন।
ঘড়ঘড়ে পাখার মত আওয়াজ করে ওঠে
আওয়াজ নাকি আর্তনাদ??
সবুজ পাতা,লাল পাঁচিল বর্নহীন হয়ে গেছে
সাদা কালোর আবর্তে কেঁদে কেঁদে
তিন ডুব দেয় অকৃত্রিম মমতা!!

'দিয়ে যেতে চাই' -

লুব্ধক

শান্ত বাতাস - আকাশে মেঘের কালপুরুষ,
গাছের পাতায় টাইরেনোসোরাসের মুখ
খানিকটা আকাশ খপ্ করে মুখের ভিতর।
কাঁটা গাছ গুলোর দু হাত বাড়িয়ে নিঃস্ব হাহাকার -
সমাহিত নিস্তব্ধতা বাইরে ভিতরে;
হাড়- হিম শীতলতা ও বাইরে ভিতরে
মুখ গুলো সব কুয়াশার চাদরে ঢাকা!
ঠাণ্ডা আঙ্গুল বুলিয়েও চিনতে পারি না মুখ
মর্গে থাকা মৃত মানুষের মতো অসাড়
সব মুখ।

যারা বহুকাল আগে মৃত
তারা কেউ কেউ এখনো সজীব হয়
হেমন্তের রাতে।

কমলা কুমড়োর ক্ষেতে হিমেল হাওয়ার ঝড় ওঠে।
টিপটিপ আলোয় মোড়া বাড়ির ভিতর সুখ,
সুখ হলো ওই ছোট পাখি ডালে ডালে উড়ে যায় যে -
নীল পালকের এপাশে ওপাশে সুখ মাখিয়ে
উড়ে যায় নীল আকাশে-কালপুরুষের পাশে।
আমি ওই কালপুরুষের লুব্ধক হতে চাই।।

মণিমালা গাঙ্গুলী

স্বয়ংসম্পূর্না

সবাই নদীর মত লম্বা কথা বলে,
আসল কথা কেউ বলে না।
নদীকে সত্যি ভেবে তুমি বসে থাকো
বোকা মেয়ে!এযুগে তোমায় নিয়ে
চলেনা।
জ্যোৎস্না রাত হাসে তোমার স্বপ্ন নিয়ে
দেয়ালের টিকটিকি ও বিদ্রুপ করে
বাতাস বলে যায়,"তুমি পারবে না .."
ধূলোময় ঘর বলে,"বলেছিলাম না?"
আয়না বলে,"তুমি দামী নও একটুও"

চোখ সমব্যথী হয়,ঝরে শুদ্ধতম ব্যথা,
সবাই ভিখারি,তোমায় কি দেবে তারা?
ওগো মেয়ে! স্বয়ংসম্পূর্না হও-
নিজের প্রাপ্তি নিজে বুঝে নাও।।

'দিয়ে যেতে চাই' -

আজ

কবিতা এলেই বিষন্নতা পা টিপে টিপে
চুপিসাড়ে তার পাশে এসে বসে।
শব্দগুলো প্রাণপণ ধাক্কা দেয় তাকে,
কিছুতেই জায়গা হবে না তার আজ।

আকাশের মেঘ রঙে যাক না সে উড়ে,
থাকুক নাহয় দুর দূরান্তের অজানা পথে,
যেখানে খুশি -
শুধু কবিতায় জায়গা হবে না আজ তার।

আজ প্রথম বর্ষার প্রতিশ্রুতি,
সবুজে মিশবে না অন্য কোনো রং,
জলের পাইপে একলা বসে থাকা পাখি
আজ তার সাথী খুঁজে পাবে।

আজ কোনো দুর্ঘটনা ঘটবে না রাজপথে
আজ বৃদ্ধ মানুষটি লাঠি ছাড়া পথ হেঁটে যাবে;
আজ ছিল রাজপথের স্নানযাত্রা,
আটপৌরে দিন শুরুর আগে
শহর বড়ো রূপসী আজ।

আলতো হাতে সব দুঃখ,সব মনখারাপ
আজ ফুঁ দিয়ে উড়িয়ে দাও।
বিষন্নতা- তোর ঘুম পেয়েছে ..বাড়ী যা।।

এক ছাত্রী ও এক পাহাড়ের কথা

(প্রিয় অধ্যাপিকা ইভলিন দি র উদ্দেশ্যে লেখা)

রূপ যেখানে মেধায় ম্লান
ব্যক্তিত্ব..এক অটল পাহাড়!!
অতি সাধারণ শাড়ী তাঁকে ঘিরলেও
ছাত্রীর চোখে সে এক বাহার!

সুন্দর ও এত রাগী হয়?
ছাত্রীর দু চোখে শুধু ভয়।
একরাশ অভিমান নিয়ে বোবা, ছুঁড়ে ফেলা খাতা;
ঈষৎ কুঞ্চিত ভ্রু,তির্যক মন্তব্যে বুক ভরা ব্যথা।

সামান্য হাসির ঝিলিক,নিজস্ব উচ্চারণে
কখনো বা কিছু কথা,আটপৌরে,সাধারণ,
বন্যার মত ভেসে যায় অভিমান,সব প্রয়োজন।

দিন যায় .. বোঝা দায়
খড়কুটো ভালো কথা আশ্বাস দেয়
ভালোবাসা আছে আছে ...
ছাত্রী জেনে যায় পাছে,
তাই এত রাগ,এত কৃত্রিম আয়োজন।

ছাত্রী প্রজ্ঞায় অতি খাটো,
কিন্তু প্রকৃতিতে সে পাহাড় দেখেছে -
দেখেছে পাহাড়ের বুকে লুকিয়ে থাকা ঝর্না,
ছাত্রী জীবন ও দেখছে...
তাই আজ সে জানে ঝর্নার আরেক নাম কান্না।।

'দিয়ে যেতে চাই' -

দগ্ধ

দেশলাই কাঠির শেষ আগুন টুকু আঙ্গুল সইতে পারে না।
জীবন্ত দগ্ধ হলে কত তাপ শুষে নিতে পারে হৃদয়?

মাংস পোড়া গন্ধে রাত ঘন থেকে ঘনতর হয়ে
পেঁচা উড়ে যায় ভয়ে..কোন শান্ত আশ্রয়ে।
চাল পোড়া গন্ধে হায়না রা আসে পাশে, ক্ষিদে পায়।
মানুষের মাংসে ক্ষিদে মেটে বুঝি তার?

ঘর পুড়ে খাক
যা গেছে তা যাক!
যা গেছে তা যাক!!

খড় থেকে বেরোনো ধোঁয়া থামবে
কিন্তু ধিকি ধিকি আগুন?
বড়ো অবাধ্য সে …নেভে না।
ফুলকি ছড়িয়ে দেয় গভীর চেতনে।

রাতের গভীরে মাটি ও গভীর হয়।
কে শোয়, কারা শোয়, কেন শোয়..

হয়তো স্বপ্ন দেখবে বলে জেগেছিল সেই রাত
স্বপ্নের উপর ও কালো হাতে ঝুরঝুরে মাটি চাপা পড়ে।

মণিমালা গাঙ্গুলী

শিশু রা ওম চায়..মায়ের কোলের মত ওম!
বিভীষিকায় ওরা কি শেষ বারের মত কেঁদেছিল?
 জানা নেই..
তবে আমাদের চোখের গভীর অসুখ!!
দেখি না ..চোখ বন্ধ করে ফেলি লেলিহান আগুনে।
কাঁদি ও না।সবার শুষ্ক চোখের অসুখ এখন !
মারণ এই ব্যাধি..আমরা কেউ আর কখনো কাঁদি না।

পুড়লো তো ওরা ঠিক ই..দগ্ধ তো আমরাই !!

'দিয়ে যেতে চাই' -

কি যেন..

বড় তাড়াতাড়ি কাটছে সময়,
যুদ্ধের আজ পাঁচদিন হয়ে গেল..
আগুনের তাতে সেঁকে নাও হৃদয়,
নাকি টিভি থেকে আর পাও না উত্তাপ?

নীরব প্রতিবাদে কাঁপে দেবদারু গাছ,
কাঁপে তসলিমা মন,
কিছু কি করার নেই?

এলোমেলো হাওয়ায় কত কিছু ভেসে যায়,
উড়ন্ত পাখি ঘুরে ফিরে যায় চৈত্রের বিকেলে,
মন ভালো করা গানে, হলুদ বিকেলে ফুল ফোটে।

ভুলে যাই কিছু তো করার ছিল...
মনে করি, কি যেন করার ছিল.....
কি যেন করার ....
কি যেন..........!!

মণিমালা গাঙ্গুলী

দিয়ে যেতে চাই

কাকে দিয়ে যাবো ? আমার এই অনন্ত আনন্দ ভান্ডার?
ভোরের শিশির বলেছে সে নেবে আমার সব আনন্দাশ্রু;
শ্রাবণের মেঘ নেবে আমার লুকোনো যত মনখারাপের ভার -
সুরকির কলে লাল ধুলো মাখা শৈশব নেবে ঐ রাঙা পথ,
শ্যামল সবুজে মিশে যাবে আমার সবুজ মন .. কথা হয়ে আছে।
এলোমেলো ছেঁড়া ভাবনা উড়বে বসন্তের বাতাসে
ফাগুনের উতল হাওয়ায়, চৈতি পূর্ণিমার গলানো জ্যোৎস্নায়।

মাধবীলতার মিষ্টি গন্ধে মিশবে আমার শব্দহীন হাসি।

আমার দু হাত জোড়া করলেও থাকে যে অনন্ত শূন্যতা
সে টুকু দিয়ে যাবো ওই নিঃস্ব বৃদ্ধ মানুষটি কে।
সেই জানে শূন্যতা অনন্ত হলে
প্রাপ্তি থাকে মহাকাশ জুড়ে!

ইচ্ছে আছে ছোট ছোট খুশির নকশী কাঁথা বুনে
কোনো দুখিনী মায়ের গায়ে ওম দিয়ে দেবো।
যে পিঠ আর সোজা নেই, তা কাউকে দেবো না;
যদিও কোটি কোটি নড়বড়ে শিরদাঁড়া চারদিকে।
প্রাণবায়ু এক করে ফুঁ দিয়ে নেভাবো মিথ্যে মোমবাতি,
কিশোরী লাশের স্তূপে আমাদের সব পূণ্য দান করে
শান্তি জল হয়ে ওদের দু দণ্ড শান্তি দিতে পারি?

'দিয়ে যেতে চাই' -

কবি পরিচিতি

মণিমালা গাঙ্গুলী

    কবি মণিমালা গাঙ্গুলী বাংলা সাহিত্যের বিশেষ অনুরাগী। পদার্থবিজ্ঞানের ছাত্রী মণিমালা বহুদিন কবিতা লিখলেও কবিতাগুলি ব্যক্তিগত ও বন্ধুমহলের বাইরে ব্যাপ্ত পরিসরে প্রকাশে খুব আগ্রহী না হওয়ায় তার কোনো কবিতার বই প্রকাশ হয়নি। গদ্য রচনার ফলশ্রুতি স্বরূপ অবশ্য তার একটি ভ্রমণ কাহিনী প্রকাশিত হয়েছে।

    কিছু আত্মীয়, কিছু স্বজন মণিমালা কে কবিতার বই প্রকাশে উৎসাহ দিয়েছেন। মূলতঃ তাদের ই ভালবাসার প্রতি পুরস্কার হিসেবে এই কবিতার বই প্রকাশ। কবির কবিতা বিখ্যাত দেশ পত্রিকায় প্রকাশিত হয়েছে। এ ছাড়াও বিভিন্ন সাহিত্য পত্রিকায় প্রকাশিত হয়েছে ও সমাদর লাভ করেছে।

    কবিতা গুলি পাঠক মহলে সমাদৃত হলে তবেই এই কবিতার বই প্রকাশের উদ্যোগ সার্থকতা লাভ করবে। যাঁরা কবির কবিতা

ভালবাসেন ও কবি কে উৎসাহ দান করেন তাদের জন্য কবিতার বই " দিয়ে যেতে চাই" হলো তাঁদের প্রতি কবির ভালোবাসা ও কৃতজ্ঞতা।

www.ingramcontent.com/pod-product-compliance
Lightning Source LLC
LaVergne TN
LVHW041634070526
838199LV00052B/3351
* 9 7 8 9 3 6 2 6 9 0 8 1 4 *